AF321363

DAVID
ET
JONATHAS

TRAGEDIE
En Musique,

QUI SERA REPRESENTE'E

SUR LE THEATRE

DU COLLEGE

DE LOUIS LE GRAND,

Mercredy 10. *Février* 1706. *à deux*
heures précises aprés midy.

(*g*)

A PARIS,

De l'Imprimerie de LOUIS SEVESTRE,
ruë des Amandiers, au Mont S. Hilaire.

M. DCC. VI.

SUJET DU PROLOGUE.

IL est rapporté dans la sainte Ecriture, que Saül, voyant que le Ciel ne luy répondoit point touchant le succés de bataille qui se devoit donner contre les Philistins, se déguisa, & alla consulter une Pythonisse; elle fit paroistre Samnël qui prédit à Saül sa mort, celle de ses enfans & le Couronnement de David qu'il persecutoit.

ACTEURS DU PROLOGUE,

SAUL, Roy des Israëlites,

L'OMBRE DE SAMUEL.

UNE PYTHONISSE.

PROLOGUE.

SCENE PREMIERE.

SAUL.

Ou suis-je ? qu'ay-je fait ? Le Ciel prest
    à frapper
Peut-être en ce moment n'attend qu'un nouveau
   crime.
D'un trop juste courroux malheureuse victime,
Au bras qui me poursuit puis-je encor échapper?
Fuyons, fuyons... que dis-je ? Et mon ame in-
   certaine
Ne pourra-t-elle enfin jamais se rassurer ?
   Auteur & témoin de ma peine,
Parle ; de tes bontez que faut-il esperer ?
   Que dois-je craindre de ta haine ?

Helas ! rien ne répond ! Desesperé, confus...
Ah ! cessez, vains remords que je n'écoute
   plus.
   C'est trop, c'est trop attendre:
Achevons ; l'Enfer seul doit m'annoncer mon
   sort.
Puisque le Ciel toûjours refuse de m'entendre,
Je viens icy chercher ou la vie ou la mort.

SCENE SECONDE.

SAUL, LA PYTHONISSE.

SAUL.

Dois-je enfin éprouver le secours de vos
charmes ?

LA PYTHONISSE.

Allez, allez ; l'Enfer va répondre à vos vœux.

SAUL.

Aprés de mortelles allarmes
Il est l'unique espoir qui reste aux malheureux.

SAUL & LA PYTHONISSE.

Aprés de mortellles allarmes
Il est l'unique espoir qui reste aux malheureux.

SCENE TROISIE'ME.

LA PYTHONISSE.

Retirez-vous, affreux Tonnerre ;
Orages calmez-vous. Vents soûmis à mes loix ;
Que rien ne trouble icy la Terre ;
Je veux jusqu'aux Enfers faire entendre ma voix.

Et vous que j'ai formez, venez nuages sombres,
Dans vos voiles épais ensevelir ces lieux.
Répands, Obscure Nuit, & l'horreur & les
ombres :

L'Enfer ne peut souffrir la lumiere des Cieux.

Qu'entends-je ? sous mes pas déja la terre
  tremble.
Tout m'obeït, tout cede à mes charmes vain-
  queurs.
          Esprits, que mon ordre rassemble,
Venez, venez Demons, secondez mes Fureurs.

          Ombre, c'est moy qui vous appelle.
          En vain dans le séjour des morts.
Vous goûtez les douceurs d'une paix éternelle.
Reconnoissez ma voix, cedez à mes efforts.
          Ombre, c'est moy qui vous appelle.

Quoy ! je parle, & l'Enfer autrefois si fidelle
Commence en ce moment à ne plus m'écouter ?
Quel transport me saisit la mort, la mort cruelle
Pour la premiere fois a pû me resister !
Elle n'a point de loy qui vous doive arrêter,
          Ombre, c'est moy qui vous appelle.

Une subite horreur leur fait quitter ces lieux !
          Ciel ! ah ! Ciel ! ... Que vois-je paroître ?
Un Dieu, Seigneur, un Dieu se présente à mes
  yeux ?
Et je commence, helas ! trop tard à vous connoître.

          tremble.

SCENE QUATRIE'ME.

L'OMBRE DE SAMUEL, SAUL, LA PYTHONISSE.

L'OMBRE.

Quelle importune voix vient troubler mon
    repos !

SAUL.

Dans la vive douleur dont mon ame est atteinte,
Vous qne je vis toûjours si sensible à mes maux,
Helas ! daignez encor oüir ma triste plainte.

L'OMBRE.

Temeraire où vas-tu ? Quel criminel effort
Ta pû faire avancer & ta honte & ta mort !
    Enfans , Amis , Gloire , Couronne ,
Le Ciel va te ravir tout ce qu'il t'a donné.
Aprés tant de faveurs, Ingrat, il t'abandonne,
    Comme tu l'as abandonné.

SCENE CINQUIE'ME.

SAUL, LA PYTHONISSE.

SAUL.

Est-ce assez ? ai-je enfin épuisé ta colere ?
Juste Ciel! as-tu mis le comble à ma misere?
Et la Terre & l'Enfer conspirent contre moy !
Tonne, frape; c'est tout ce que j'attends de toy.

LA PYTHONISSE.

Seigneur.......

SAUL.

    J'entends déja le foudre sur ma tête.
Sur moy, sur Jonathas, elle doit éclater.
Le sceptre que je perds David le va porter !
Qu'il joüisse à son gré d'une injuste conquête :
Dieu vangeur à tes coups je me vas presenter.

Fin du Prologue.

SUJET DE LA TRAGÉDIE.

SAül poursuivant David, perdit la bataille qu'il donna contre les Philiſtins, Jonathas fils de Saül & amy de David y fut tué. Saül ſe perça luy-même de ſon épée. La mort de Saül & celle de Jonathas firent avoir la Couronne à David.

Au premier Livre des Roys.

La Scene eſt proche les Montagnes de Gelboë, entre le Camp de Saül & celuy des Philiſtins.

On ſuppoſe que David victorieux des Amalecites, va trouver Saül pour ménager un Traité de Paix entre les Iſraëlites & les Philiſtins.

ACTEURS.

SAUL, Roy des Iſraëlites.	ACHIS, Roy des Philiſtins.
JONATHAS, Fils de Saül.	DAVID, Perſecuté par Saül.
TROUPES De Guerriers & de Captifs, de Peuple & de Paſteurs que David a delivrez.	JOADAB, Un des Chefs de l'armée des Philiſtins, ennemi de David.

Chœurs d'Iſraëlites & de Philiſtins.

DAVID

ET

JONATHAS,

TRAGEDIE.

ACTE PREMIER.

SCENE PREMIERE.

TROUPES DE GUERRIERS, DE PASTEURS, & DE CAPTIFS.

UN GUERRIER.

Dv plus grand des Heros publions les exploits ;
Peuples, Guerriers, Pasteurs, il fait cesser vos peines.
Et vous qu'il a vaincus, Captifs, brisez vos chaînes :
L'amour, le seul amour nous soûmet à ses loix.

UN BERGER.

Le Ciel dans nos bois le fit naître ;
Et jamais au bord des ruisseaux

Dans nos jeux innocens on ne le vit paraître
    Qu'avec mille charmes nouveaux.
Vainqueur des fiers Lions, content de sa victoire,
Aux douceurs de son sort il bornoit tous ses
  vœux.
    Ah ! peut-être avec moins de gloire
    Ce Berger vivoit plus heureux.

BERGERS.

    Ah ! peut-être avec moins de gloire
    Ce Berger vivoit plus heureux.

UN GUERRIER.

    Jeune & terrible dans la guerre,
Nous l'avons vû cent fois au milieu des combats
Seul voler aux dangers & braver le trépas.
    Le Dieu qui lance le Tonnerre,
Fait marcher en tous lieux l'effroy devant ses
  pas.
    L'affreux Geant ne luy resista pas.
    Non, non, le reste de la Terre
    N'eût point coûté plus d'efforts à son bras.

CHOEUR.

    L'affreux Geant ne luy resista pas.
    Non, non, le reste de la Terre
    N'eût point coûté plus d'efforts à son bras.

DEUX CAPTIFS.

    Cedons, rien ne peut se deffendre.
Ce Heros sçait charmer jusqu'à ses ennemis.
    A ses attraits on en a vû se rendre
    Plus que son bras n'en a soûmis.

SCENE SECONDE.

DAVID, TROUPES, &c,

DAVID.

ALlez, le Ciel attend un legitime hommage.
Il a conduit nos pas ; il a vaincu pour
nous.
Sans me laisser flatter d'un injuste partage,
Aux pieds de nos Autels je vais me joindre à
vous.

SCENE TROISIE'ME.

DAVID.

CIel ! quel triste combat en ces lieux me
 rappelle ?
Puis-je oublier quel sang à mes yeux va couler ?
 Perfide ami, sujet rebelle,
 C'est Saül qu'il faut immoler
 A ma vangeance criminelle ?
Jonathas tant de fois me vit renouveller
 Mille sermens d'une amour mutuelle :
 Helas il fut toûjours fidelle,
 Moy seul je puis les violer !

Non, non, vous ne pouvez flatter ma peine
 extréme,
Ambitieux desirs d'un Triomphe odieux.

12

Quoy-qu'ordonne le sort : vaincu, victorieux,
Moy-même je peris, ou je perds ce que j'aime.

Toy qui m'as soûtenu toûjours,
En ce triste moment mon unique recours,
Tu peux encor, Dieu que j'adore,
Sensible à nos malheurs en arrêter le cours ;
Du moins, même au prix de mes jours,
Accorde à Jonathas le secours que j'implore.

SCENE QUATRIE'ME.

ACHIS, DAVID, TROUPES DE GUERRIERS, DE CAPTIFS, &c.

ACHIS,

L E Ciel enfin favorable à mes vœux
Vous ramene, Seigneur, & vous rejoint tous
    deux.
La victoire par tout à vos loix asservie
Confond les vains projets d'une secrete envie.
Venez ; qu'un peuple entier conspire contre nous ;
Toûjours à ses fureurs que Saül s'abandonne ;
Le peril n'a rien qui m'étonne,
Si je puis combatre avec vous.

DAVID.

Ah ! d'un faible secours que pouvez-vous at-
    tendre ?
Seigne

ACHIS.

ACHIS.

Tout ce qu'en craint Ifraël allarmé,
Tout ce que peut un bras à vaincre accoûtumé.
Bientôt icy Saül avec moy doit fe rendre :
D'un funefte combat il veut fe dégager :
Parlez, c'eft de vous feul que mon choix va
dépendre.

DAVID.

Trop long temps la difcorde a fçû nous partager
Pour jamais que la paix nous lie.
Aifément un grand cœur oublie
Le foin fatal de fe vanger.

ACHIS & DAVID.

Aifément un grand cœur oublie
Le foin fatal de fe vanger.

ACHIS.

Goûtez, goûtez les fruits d'une illuftre victoire ;
Triomphez Heros glorieux.
Il a brifé vos fers, Captifs, chantez fa gloire.
Que mille fois fon nom retentiffe en ces lieux.

CHŒUR DE CAPTIFS.

Goûtez, goûtez les fruits d'une illuftre victoire ;
Triomphez Heros glorieux.

DEUX CAPTIFS.

Après les fureurs de l'orage,
Pourquoy plaindre les maux que le calme a
coûté ?
Qu'il eft doux de penfer aux horreurs du nau-
frage,
Quand le peril eft évité !
Un cœur n'a jamais bien goûté.

Sans les rigueurs de l'esclavage,
Les douceurs de la liberté.

CHOEUR.

Un cœur n'a jamais bien goûté,
Sans les rigueurs de l'esclavage,
Les douceurs de la liberté.

SCENE CINQUIEME.

JOADAB, DAVID.

JOADAB.

Q Uel inutile soin en ces lieux vous arrête ?
Le Ciel au rang des Rois semble vous
appeller,
Hâtez-vous d'achever une illustre conquête ;
Toûjours à la victoire un Heros doit voler.

DAVID.

Entre la paix & la victoire
Un Heros peut se partager.
Dans un heureux repos, dans l'horreur du
danger,
S'il sçait également trouver par tout la gloire,
Un Heros peut se partager
Entre la paix & la victoire.

CHOEUR de la suite de Jonathas, &c.
Suivez-nous, suivez-nous,
Plaisirs, faites briller vos charmes les plus doux.

DAVID.

Auprés de Jonathas, Seigneur, l'amour m'ap-
pelle,

CHŒUR.

Suivez-nous, suivez-nous,
Plaisirs, faites briller vos charmes les plus doux.

SCENE SIXIE'ME.

JOADAB, CHŒURS de la suite de David & de Jonathas, &c.

JOADAB.

Epit jaloux, haine cruelle,
Venez ; il est temps d'éclater.
Puis-je autrement calmer une douleur mortelle?
Le Ciel ne cesse point de me persecuter.
Venez, il est temps d'éclater,
Dépit jaloux, haine cruelle.

CHŒURS.

Tout suit vos vœux ;
Cessez de craindre.
Tout suit vos vœux,
Amis heureux.
Des fureurs de la Guerre est-il temps de vous
plaindre,
Quand le Ciel pour jamais veut vous unir tous
deux !
Amis heureux,
Cessez de craindre :
Amis heureux,
Tout suit vos vœux.

JOADAB.

David au comble de la gloire,
Cherche à joüir en paix de ses nobles travaux.
Toy seul, témoin de sa victoire,
Va lâche, va languir dans un honteux repos.

CHOEURS.

Que la paix regne sur la Terre;
Pour elle tous les cœurs sont faits.
Que cherche un Heros dans la guerr
Autre chose que la paix ?

JOADAB.

C'est trop; à ma fureur je veux que tout ré-
ponde.
Toujours d'un vain soupçon facile à prévenir,
Il faut contre David que Saül me seconde.
Son bonheur est un crime, & je dois l'en punir.

Dépit jaloux, haine cruelle,
Venez, il est temps d'éclater.
Puis-je autrement calmer une douleur mortelle?
Le Ciel ne cesse point de me persecuter.
Venez, il est temps d'éclater,
Dépit jaloux, haine cruelle.

SCENE SEPTIEME.

DAVID, JONATHAS, TROUPES, &c.

JONATHAS.

A Vôtre bras vainqueur rien ne peut resister.

Je vous revois comblé d'une gloire nouvelle,
    Mais puis-je me flatter
    De vous revoir fidelle?

DAVID.

Je puis au milieu des combats
Eprouver à mon tour la victoire volage.
Que le Ciel en courroux m'abandonne à l'orage,
Tout changeroit pour moy, je ne changerois pas.

DAVID & JONATHAS.

    Goûtons, goûtons les charmes
        D'une aimable paix,
    Les soins & les allarmes
        Cessent pour jamais.
    Goûtons, goûtons les charmes
        D'une aimable paix.

UN de la suite de Jonathas.

    Tout change dans la vie.
    L'hiver a son temps;
    D'un heureux printemps
    Sa rigueur est suivie:
Vous seuls, tendres Amis, soyez toûjours con-
stans.
    Goûtons, goûtons les charmes
        D'une aimable paix.
    Les soins & les allarmes
        Cessent pour jamais.

CHOEUR.

    Les soins & les allarmes
        Cessent pour jamais.
    Goûtons, goûtons les charmes
        D'une aimable paix.

ACTE SECOND.

SCENE PREMIERE.

SAUL, ACHIS.

SAUL.

AH! je dois aſſurer & ma vie & l'Empire.
Une trompeuſe paix m'expoſoit au danger
De perir ſous les coups d'un traître qui con-
ſpire.
Ou vangez-moy, Seigneur, ou je cours me
vanger.

ACHIS.

Toûjours vous écoutez un ſoupçon qui l'ou-
trage ?
Il a pû vous ravir & le ſceptre & le jour ;
Vous vivez, vous regnez : que faut-il davan-
tage ?
David pouvoit-il mieux vous prouver ſon
amour ?

SAUL.

Seigneur, il me doit tout. Une noble alliance
Couronna ſes exploits, réleva ſa naiſſance.

ACHIS.

En vain au plus haut rang vous l'avez fait
monter ;
Sans ceſſe vous cherchez à l'en précipiter.

SAUL.

Il fut toûjours rebelle
Aprés tant de faveurs.

ACHIS.

Il est toûjours fidelle,
Malgré tant de rigueurs.

SAUL & ACHIS.

Apprenez, apprenez, Seigneur, à le connoître.

ACHIS. { *Malgré tant de rigueurs,*

SAUL. { *Aprés tant de faveurs,*

ACHIS. { *Il est toûjours { fidelle, } & le veut-*
SAUL. {   { rebelle, }

toûjours être.

SAUL.

Enflé de sa victoire, en ce jour glorieux
Il vient faire éclater son triomphe à mes yeux.

ACHIS.

Bien-tôt vous le verrez paroître.
Luy-même devant vous il se deffendra mieux.

SCENE SECONDE.

SAUL.

O*Bjet d'une implacable haine,*
Je sens le triste effet d'un arrest rigoureux.
Tout me trahit ! tout redouble ma peine !
Ah ! que faut-il encor pour perdre un mal-
heureux ?

Ingrat ! le Ciel punit une mortelle offense,

Confus & soûmis à sa loy,
Ton cœur luy-même approuve une juste ven-
geance,
Et te condamne malgré toy.

Helas ! à me percer quelle main se prepare ?
Peut-être Jonathas à ma perte animé. . . .
Non, ne l'accusons point de ce dessein barbare :
Il est trop genereux, & je l'ay trop aimé.

David seul en secret espere me surprendre.
Un ennemi caché frappe plus sûrement.
Troublons tout. Je ne puis autrement m'en def-
fendre.
Du moins, s'il faut perir, perissons noblement.

SCENE TROISIEME.

SAUL, DAVID, JONATHAS, JOADAB, TROUPES, &c.

JONATHAS à SAUL.

David peut-il attendre un regard favo-
rable ?
Ce soin aprés la paix doit encore m'allarmer ?
Seigneur, puis-je l'aimer
Sans devenir coupable ?
SAUL à DAVID.
Vous-même vous troublez le cours de vos ex-
ploits !

Toûjours victorieux pourquoy quitter les armes?
La paix pour un heros a-t-elle tant de charmes?
Achevez de soûmettre Israël à vos loix.

DAVID.

Je vous revois ; d'une autre gloire,
Seigneur, je ne suis plus jaloux.
Il n'est point à mon cœur de triomphe plus doux :
Je ne puis aimer la victoire,
Si je n'ay combattu pour vous.

SAUL.

Barbare ! En ce moment il n'est rien qui t'ar-
reste :
Ta main à me frapper, ta main est-elle preste?

DAVID.

Moy, Seigneur? Moy ! Faut-il au milieu des
combats,
Seul contre les efforts d'une troupe ennemie,
Verser pour vous mon sang ; pour vous perdre
la vie?
La plus affreuse mort ne m'arrestera pas.

JONATHAS.

Parlez, vous me verrez par tout suivre ses pas.

DAVID.

Faut-il verser mon sang ?

JONATHAS.

      Faut-il perdre la vie?

DAVID & JONATHAS.

La plus affreuse mort ne m'arrestera pas.

SAUL à JONATHAS.

Ah ! Plûtost dès ce jour vange-moy d'un perfide.

David, David conspire ; il s'arme contre moy.
Va prévenir les coups d'une main parricide :
L'orage en m'accablant doit retomber sur toy.
Que vois-je pour luy seul ton amour s'interesse :
Cruel ! Est-ce là le prix
Que tu dois à ma tendresse ?
Quand il faut soulager la douleur qui me presse,
Je ne retrouve plus mon fils !

DAVID.

Helas !

SAUL.

J'iray moy-même . . . . il me fuit ! & son
crime
Enfin en ce moment se découvre à mes yeux.
Hâtez-vous de servir la fureur qui m'anime,
Peut-estre puis-je encor le rejoindre en ces lieux.

JONATHAS.

O Ciel ! Protege l'innocence.

JOADAB.

Achevons ; mon bonheur passe mon esperance,
Malgré les droits que j'ay trahis ;
Pour perdre un ennemi tout doit estre permis.
Jouïssons des douceurs d'une heureuse ven-
geance.

SCENE QUATRIE'ME.

DAVID.

S Ouverain Juge des mortels.

Seigneur, de mes projets témoin toûjours fi-
    delle,
Quand une injuste loy me déclara rebelle,
Quels vœux formoit mon cœur au pied de tes
    Autels ?
Tu le sçais. Que Saül redouble sa colere ;
D'une pareille ardeur que le fils animé
    Seconde la haine du pere ;
Prest à voir contre moy tout Israël armé,
Seigneur, c'est à toi seul que David cherche à
    plaire.

SCENE CINQUIE'ME.

JONATHAS, DAVID.

JONATHAS.

Vous me fuyez !

DAVID.

Toûjours vous me suivez ?

JONATHAS.

Ne pourrai-je avec vous partager vôtre
    peine ?

DAVID.

Voyez en quel peril mon malheur vous entraîne.
Oublions-nous.

JONATHAS.

Cruel !

DAVID.

Vous le devez.

JONATHAS,
Vous le pouvez.
DAVID.
Malgré nous le Ciel nous sépare.
JONATHAS.
Contre vous seul déja tout se prepare.
DAVID & JONATHAS,
Ah ! qu'une douce paix
Avoit de charmes !
Ah falloit-il jamais
Nous ravir les plaisirs d'une si douce paix !
JONATHAS.
Dans le trouble & le bruit des armes
Peut-être on me verra combattre contre vous !
DAVID.
Peut-être au milieu des allarmes
Je verray Jonathas expirer sous mes coups !
DAVID & JONATHAS.
Non, plûtôt mille fois je periray moy-même.
DAVID. {*Parmy de mortelles horreurs,*
JONATHAS. {*Malgré d'inutiles fureurs,*
J'iray, j'iray chercher & sauver ce que j'aime.
JONATHAS.
Demeurez.

DAVID.
Je ne puis.
JONATHAS,
Helas !
DAVID,
En ce moment
Voulez-vous par vos pleurs redoubler mon tour-
ment ?
SCENE

SCENE SIXIEME.

JONATHAS.

A T-on jamais souffert une plus rude peine!
Dois-je suivre tes pas, Ami trop mal-
heureux !
Pere trop rigoureux,
Dois-je servir ta haine ?
Ami trop malheureux,
Pere trop rigoureux.
A-t-on jamais souffert une plus rude peine ?

CHOEUR d'Israëlites & de Philistins.

Courons, courons ; cherchons dans les combats
Ou le triomphe, ou le trépas.

JONATHAS.

Quelle fureur, Barbares, vous anime ?
Ah ! déja tout conspire, & David va perir !
Non, je ne puis le souffrir sans un cri-
me :
Malgré leurs vains efforts j'iray le secourir.

Triste Devoir tu me rappelles !
Je dois tout à Saül ; la Nature à son tour
Helas ! porte à mon cœur mille atteintes mor-
telles.
Ne pourray-je accorder le Devoir & l'Amour ?

A-t-on jamais souffert une plus rude peine ?
Dois-je suivre tes pas, Ami trop malheureux ?

Pere trop rigoureux,
Dois-je servir ta haine?
Ami trop malheureux,
Pere trop rigoureux,
A-t-on jamais souffert une plus rude peine?

CHOEUR.

Courons, courons ; cherchons dans les
combats
Ou le triomphe, ou le trépas.

SCENE SEPTIE'ME.

SAUL, ACHIS, JONATHAS, JOADAB, TROUPES, &c.

SAUL.

Venez, Seigneur, venez : Saül va vous
attendre.

ACHIS.

Peut-être il me verra trop tôt le prévenir.

SAUL.

Soûtenez un Ingrat, qu'un Roy devoit punir.

ACHIS.

D'une injuste fureur je sçauray le deffendre.

SAUL & ACHIS.

Courons, courons ; cherchons dans les
combats
Ou le triomphe, ou le trépas.

SCENE HUITIE'ME.

ACHIS, JOADAB, TROUPES, &c.

JOADAB.

Enfin vous m'écoutez, Seigneur, & la Victoire
D'une nouvelle ardeur a pû vous enflammer.
Jamais un autre soin vous dût-il animer ?
Un Heros est fait pour la Gloire.

ACHIS avec les Chœurs.

Courons, courons ; cherchons dans les combats
Ou le triomphe, ou le trépas.
De nos cris redoublez que le Ciel retentisse ;
Que l'ennemi vaincu sous mille coups perisse.
Courons, courons ; cherchons dans les combats
Ou le triomphe, ou le trépas.

Fin du second Acte.

ACTE TROISIÉME.

SCENE PREMIERE.

JONATHAS blessé, &c.

COurez : Saül attend un secours necessaire.
Percé du coup fatal qui me ravit le jour,
Si je puis par mon sang appaiser ta colere,
O Ciel ! en sa faveur écoute mon amour.

SCENE SECONDE.

SAUL, JONATHAS, TROUPES, &c.

SAUL.

QUe vois-je ? Quoy je perds & mon fils
    & l'Empire !
Mon ennemi triomphe & Jonathas expire !

JONATHAS.

Seigneur....

SAUL.

Et vous l'avez permis,
Traîtres ! c'est à vos soins que je l'avois commis.

TROUPES DE GARDES.

Helas !

SAUL.

Fils malheureux d'un plus malheureux
    pere !

Ah ! dans le triste état où je me vois reduit,
Seul tu pouvois encor soulager ma misere ;
Tu meurs ! Pour échapper au Dieu qui me
  poursuit,
     La victime m'étoit trop chere.

JONATHAS.

     Pouvois-je attendre un sort plus doux ?
Pourquoy plaindre ma mort, ou penser à me
  suivre ?
     Puisque pour vous je n'ay pû vivre,
     Trop heureux de mourir pour vous.

SAUL.

Qu'entends-je ? Il va perir ! Quelle fureur
  m'anime ?
Ou pourray-je à mon tour trouver une victime,
David devant mes yeux ose se presenter !
Le perfide à mes maux vient encor insulter !
  A moy Gardes.... Reçois Barbare,
Reçois le coup mortel que Saül te prepare....
Où suis-je ? Tout s'oppose à mon juste cour-
  roux !
Mille infidelles mains ont arrêté mes coups....
Le Ciel du moins, le Ciel m'offre une mort cer-
  taine.
Frappez, lâches ; frappez ; contentez vôtre
  haine....
Helas ! de quel espoir mon cœur s'est-il flatté ?
Ils ont pour me trahir assez de cruauté,
     Et trop peu pour finir ma peine !

TROUPE DE GARDES.

     Helas ! helas !

SAUL.

Ah ! tant de pleurs ne me le rendent pas.
Il faut verser du sang ; il faut courir aux ar-
mes :
David, David m'attend au milieu des al-
larmes :
Poursuivons un perfide, & vangeons Jona-
thas.

JONATHAS.

Foible soulagement ! inutile vangeance !

SAUL.

D'un Empire puissant je perds l'unique appuy :
Souffrirai-je un ingrat regner en assurance ?
Heureux du moins si je puis aujourd'huy
L'entraîner en tombant & perir avec luy.

SCENE TROISIE'ME.

JONATHAS, TROUPES, &c.

CHOEUR DE PHILISTINS.

Victoire, victoire !
Tout cede à nos coups ;
Courons à la gloire :
Le Ciel est pour nous,
Victoire ! victoire !

SCENE QUATRIÉME.

JONATHAS, DAVID, TROUPES, &c.

DAVID.

Q*u'on sauve Jonathas.... allez.... soins*
superflus !
Je vois couler son sang ! Jonathas ne vit plus !

JONATHAS.

Quelle triste voix me rappelle ?

DAVID.

Quoy, Prince, je vous perds !

JONATHAS.

Le jour que je revoy,
Si je ne retrouvois un ami si fidelle,
Seroit encor plus funeste pour moy.

DAVID.

Ah ! vivez.

JONATAS.

Je ne puis.

DAVID.

David, David luy-même
Va ceder aux transports d'une douleur extrême.

JONATAS.

Malgré la rigueur de mon sort,
Du moins je puis vous dire encor que je vous
aime.

DAVID.

Ciel ! il est mort !

32

Jamais amour plus fidelle & plus tendre
Eut-il un sort plus malheureux ?
D'une cruelle mort mes soins n'ont pû deffendre
L'objet le plus doux de mes vœux.
Le Ciel avoit pû seul former de si beaux nœuds:
Helas ! le Ciel sans moy devoit-il le reprendre ?
Jamais amour plus fidelle & plus tendre
Eut-il un sort plus malheureux.

CHŒUR.

Jamais amour plus fidelle & plus tendre
Eut-il un sort plus malheureux.

SCENE CINQUIE'ME.

SAUL blessé, &c. DAVID, TROUPES, &c.

SAUL à DAVID.

Voy Traître, & reconnois ta nouvelle victime.
Mon bras a commencé, viens achever le crime.
Frappe.

DAVID.

Seigneur !

SAUL.

Joüis d'un spectacle si doux.
Ton Roy meurt, & sa mort va t'assurer l'Empire.
Que dis-je ? Quoy l'Ingrat échappe à mon courroux !

Dans ce dernier effort.... ah ! Perfide.... ;

DAVID.

Il expire !

SAUL.

Non, du moins dérobez mon trépas à ses yeux.

DAVID.

Ah ! puis-je plus long temps demeurer dans ce
lieu ?

SCENE DERNIERE.

ACHIS, DAVID, TROUPES
de Triomphans.

ACHIS.

Joignez à vos exploits l'honneur du Dia-
dême :
Joadab par sa mort vous vange de luy-même ;
Seigneur ; à mes desirs le Ciel a répondu.
Saül vous cede enfin l'autorité supréme ;
Il meurt.

DAVID.

J'ay perdu ce que j'aime ,
Pour moy tout est perdu.

ACHIS & LES CHOEURS.

Du plus grand des Heros chantons , chantons
la gloire.
Trompettes & tambours ,
Annoncez sa victoire.
Que toûjours sous ses loix on passe d'heureux
jours.

Chantons, chantons sa gloire,
Annoncez sa victoire,
Trompettes & tambours.

Fin du troisiéme & dernier Acte.

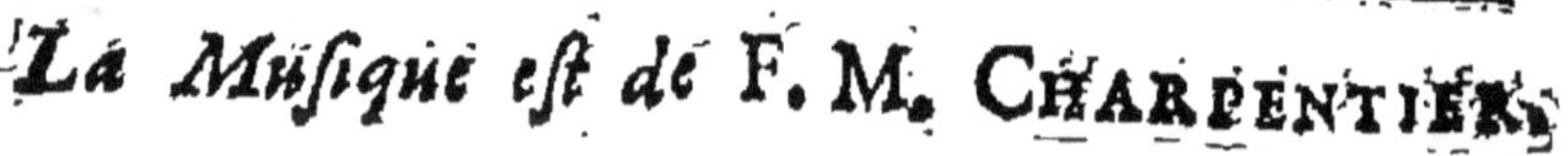

La Musique est de F. M. CHARPENTIER.